I0686260

# SIX TRAITÉS

## SUR

# L'ADORATION

### PAR LORD A.-P. CÉCIL.

1. Qu'est-ce que l'adoration ?
2. Qui adorez-vous ?
3. Comment adorez-vous ?
4. Avec qui adorez-vous ?
5. Quel est votre centre d'adoration ?
6. Quel est le lieu où vous adorez ?

27, LIVRON (Drôme)          BOUCHON, par Vernoux (Ardèche)

E. CHAZALET.          J. MAZEIRAC.

D²          Prix : 20 cent.

N° 1.

# Qu'est-ce que l'Adoration?

« Si tu connaissais le don de Dieu, et qui est celui qui te dit : donne-moi à boire, toi, tu lui eusses demandé et il t'eût donné de l'eau vive » (Jean IV, 10). — Ces mots nous parlent des courants de la grâce de Dieu qui descendent dans nos cœurs par le moyen du Fils et par le St-Esprit ; et, comme un fleuve a ses reflux, et que dans ces reflux l'eau remonte vers sa source, ainsi en est-il de *l'Adoration*. C'est l'expression d'une âme qui a connu Dieu comme le *Donnateur* ; qui a connu le Fils par lequel le don descend du ciel ; qui a goûté l'eau vive de Dieu, le St-Esprit ; et qui, ayant bu, a trouvé dans cet Esprit une source d'eau vive au-dedans de son cœur, jaillissant en vie éternelle, et remontant de nouveau vers sa source en adoration et en louange (Jean IV, 10, 14, 21). C'est la réponse d'une âme qui a découvert que c'est par la volonté de Dieu qu'elle est sauvée et sanctifiée, que cette volonté a été accomplie par Dieu, le Fils, par un sacrifice qui a pour toujours ôté ses péchés et lui a donné une conscience parfaite ; le St-Esprit rendant ce témoignage à son cœur : — « Je ne me souviendrai plus de leurs péchés, ni de leurs iniquités » (Héb. X, 7-17). Une telle âme criera : « Abba, Père, » nom qui nous est révélé à nous, chrétiens, pour l'adoration de nos cœurs ; et cette âme sera du nombre de ces vrais adorateurs que le Père cherche durant la dispensation présente, afin qu'ils l'adorent en esprit et en vérité (Jean IV, 23).

Mais regardons un moment au Testament grec, dans le langage duquel, le Nouveau Testament fut originellement écrit, et nous verrons la vraie signification du mot « adoration. » Il y a dans le grec deux mots pour l'exprimer : *proskuneo* et *latreno*. Le premier veut dire, faire révérence, ou rendre hommage en se prosternant, adorer (Math. II, 2, 11; IV, 10; Jean IV, 20, 21; Rev. IV, 10). Le second est employé en Héb. IX, X plutôt en rapport avec le culte public du sanctuaire, et est souvent traduit par : « service, servir » (Héb, IX, 1, 6, 9, 14; X. 2; Phil. III, 3); mais la vraie traduction doit être : « Adoration, adorer. » Donc, l'idée générale est de donner louange à Dieu, le Père, et de Lui rendre hommage pour ce qu'Il est en Lui-même, et pour ceux qui s'approchent de Lui. Ainsi, nous voyons que l'adoration est tout à fait l'opposé de la prière ; car prier, c'est demander quelque chose à Dieu, mais adorer, c'est donner quelque chose à Dieu. Il est vrai que la prière peut être mêlée avec l'adoration, et être renfermée dans l'idée générale, mais je puis prier sans une seule pensée d'adoration.

Entendre prêcher un évangéliste, ce n'est pas l'adoration. L'évangéliste s'adresse au monde, au lieu que l'adoration monte vers le Père, du cœur des enfants. Le mélange des deux en un seul « service », comme on l'appelle, est donc pernicieux et propre à détruire la division que Dieu a faite entre *le monde et l'Église.* Aller entendre un ministère quelconque, ce n'est pas l'adoration bien qu'il puisse la produire. Le ministère descend de Dieu vers les personnes, tandis que l'adoration est ce qui monte des personnes vers Dieu.

Hélas ! dans la chrétienté, l'idée de l'adoration est presque perdue. Le monde est invité à adorer Dieu, le peuple de Dieu s'y trouvant mêlé ; et ensuite, dans la même réunion, l'Evangile est prêché aux inconvertis. La parole de Dieu a soin de tenir les deux choses séparées ; Satan les a mélangées au préjudice des enfants de Dieu, et

au déshonneur du Seigneur, car il est écrit :
« Le sacrifice des méchants est en abomi-
nation à l'Eternel. » (Prov. XXI, 27). Voyez
aussi Esaïe I, 10-15 ; Ps. L, 14-21. Mais
regàrdons deux ou trois exemples que nous
donne la parole sur l'adoration.

(Voyez Deut. XXVI.) Quand Israël fut
entré dans le pays de Canaan, il devait
apporter les prémices des fruits de ce pays,
au lieu que l'Eternel avait choisi pour y
placer Son nom, et les Lui offrir. Celui qui
offrait devait aller au sacrificateur et reconnaître devant lui qu'il était entré au
pays que l'Eternel leur avait donné. Combien c'est beau ! C'était comme un Israélite
déjà dans le pays, et confessant qu'il en
était ainsi, qu'il offrait à l'Eternel sa corbeille des premiers fruits. Et c'est comme
chrétiens déjà assis dans les lieux célestes et
confessant cette vérité, que nous adorons le
Père (comp. Eph. I, 3 ; II, 4-6 18).

Ensuite l'Israélite devait dire : « Mon père
« était un pauvre misérable Syrien ; et il
« descendit en Egypte avec un petit nom-
« bre de gens ; et il y séjourna, et il y de-
« vint une grande nation, puissante et mer-
« veilleuse. Puis les Egyptiens nous mal-
« traitèrent, nous affligèrent et nous impo-
« sèrent une dure servitude. Et nous criâ-

« mes à l'Eternel le Dieu de nos pères ; et
« l'Eternel exauça notre voix, et regarda
« notre affliction, notre travail et notre
« oppression, et nous tira hors d'Egypte à
« main forte et avec un bras étendu, et
« avec une grande frayeur, et avec des si-
« gnes et des prodiges. Depuis, il nous
« mena en ce lieu-ci et nous donna ce pays,
« qui est un pays découlant de lait et de
« miel. Maintenant donc, voici, j'ai appor-
« té les prémices des fruits de la terre que
« tu m'as donnée, ô Eternel ! Ainsi tu po-
« seras la corbeille devant l'Eternel, ton
« Dieu, et tu te prosterneras devant l'Eter-
« nel, ton Dieu. » Voilà l'adoration. L'adorateur est lui-même assis dans les lieux
célestes en Christ et béni de toute bénédiction spirituelle. Il rend au Seigneur les
précieux fruits de louange et d'adoration,
provenant d'un cœur plein de Christ. En
Math. II, 1-11, nous avons encore un beau
tableau de l'adoration. Les mages ayant
trouvé, dans la crèche (tout à fait hors du
centre religieux et de l'adoration de Jéru-
ralem ), le Christ qu'ils cherchaient, se jet-
tent à terre et L'adorent, Lui présentant
en don leurs meilleurs trésors, — de l'or,
de l'encens et de la myrrhe. Enfin, en
Apocal. IV, V nous voyons ce que sera l'a-

doration dans le ciel, et c'est bien là l'adoration que nous devrions imiter le plus de
près. Au chap. IV. 11 de l'Apocal. nous
avons l'adoration du Créateur : « Tu es
digne, Seigneur, de recevoir l'honneur, la
gloire et la puissance, car tu as créé toutes
choses, et par ta volonté elles ont été
créées. » Ici, il n'y a pas une seule parole
de prière ; c'est la présentation de la louange pour ce que Dieu est et pour ce qu'Il a
fait. Au chap. V de l'Apocal. v. 9, nous
avons l'adoration pour la rédemption : « Tu
es digne..... car tu as été immolé et tu as
acheté pour Dieu, par ton sang de toute
tribu et langue, et peuple et nation ; et tu
les as faits rois et sacrificateurs pour notre
Dieu, et ils règneront sur la terre. » A cette
heure, tel devrait être le modèle de notre
adoration ; mais, hélas ! combien nous
trouvons peu de réunions d'adoration, où
une telle adoration soit exprimée. — Lecteur, comprenez-vous ce que signifie cette
adoration? Vous trouvez-vous dans une
réunion où une telle adoration est exprimée?

Cher lecteur, Christ a été fait sanctifi-
cation pour tous les croyants (1 Corinth. I,
30); c'est-à-dire qu'il est la mesure de notre séparation pour Dieu. Christ, en la

présence même de Dieu, et pour Son service, est mis à part, comme Aaron, le souverain sacrificateur, était mis à part pour le service du sanctuaire. Et telle est notre position. Nous sommes sanctifiés par l'offrande de Christ : nous sommes mis à part pour Dieu et avons la liberté d'entrer dans le sanctuaire en vertu de Son propre sang. Nous sommes assis dans les lieux célestes en Christ. Ensemble, et dans l'unité, donnons donc, en offrande au Seigneur, les fruits de ce pays céleste. Reconnaissons le Seigneur Jésus qui est dans le ciel, comme le seul centre d'adoration, car c'est ce que les saints dans le ciel feront (Apocal. V, 6-10), et ce que firent les mages (Math. II) quand le Seigneur était un petit enfant. Approchons-nous avec un cœur vrai, en pleine certitude de foi, et disons : « Tu es digne. » Lecteur, savez-vous ce que signifie une telle adoration ? Si vous le savez, vous devez voir que l'adoration qui vous entoure ne ressemble en aucune manière à celle-là. Une telle adoration s'accorde-t-elle avec le ciel ? Convient-elle au sanctuaire ? Les adorateurs qui remplissent les églises ou les temples de la chrétienté sont-ils des sanctifiés ? Cependant il faut être cela pour pouvoir adorer dans le lieu très-saint. Cher lecteur, que le

Seigneur vous donne de considérer ce qui est dû à Dieu, et de voir que l'adoration est un don fait à Dieu, et que pour être accepté, il doit être parfait, sans quoi Dieu ne peut que le réprouver. « Quand vous amenez une bête aveugle pour la sacrifier, n'y a-t-il point de mal en cela? et quand vous l'amenez boîteuse ou malade, n'y a-t-il point de mal en cela? Présente-là à ton gouverneur, t'en saura-t-il gré, ou te recevra-t-il favorablement? a dit l'Eternel des armées..... Or, maudit soit l'homme qui ayant un mâle en son troupeau, et faisant un vœu, sacrifie à l'Eternel ce qui est défectueux, car je suis un grand Roi, a dit l'Eternel des armées. » Malach. (I, 8-14).

A Celui qui nous a sauvés
Et dont le sang nous a lavés,
Soient empire et magnificence!
Digne est l'Agneau de recevoir
Richesse, honneur, force, pouvoir.
Majesté, sagesse et puissance.

## N° 2.

# Qui adorez-vous?

Chrétien, qui adorez-vous? Cette demande vous paraîtra bien simple, mais je vous la fais sérieusement. Vous répondrez peut-être : « J'adore Dieu, comme font les autres, sans doute. » Et bien, je réponds que s'il était possible de voir le cœur de plusieurs des soi-disant adorateurs qui remplissent les églises et les temples de la chrétienté, on verrait qu'ils n'adorent pas du tout. Dieu n'est dans aucune de leurs pensées. Je sais bien que tel n'est pas le cas du vrai chrétien, mais, c'est précisément à cause de cela qu'il devrait pouvoir répondre à la question : Qui adorez-vous ?

Le Seigneur Jésus, qui adorait-il? Voyez Math IV, 10 : « Il est écrit : tu adoreras le *Seigneur ton Dieu* et tu *le* serviras *Lui* seul. » Voyez encore Math. XI, 25 : « En ce temps, *Jésus* répondit et dit : Je te célèbre, *ô Père, Seigneur* du ciel et de la terre, parce que tu as caché ces choses aux sages et aux intelligents, et que tu les as révélées aux petits enfants. Oui, Père, car c'est ce que tu as trouvé bon devant tes yeux. » Le *Seigneur Jésus* adorait *Dieu*, Son Père.—Paul, qui adorait-il ? En Eph. I, 3, il dit : « Béni soit le Dieu et Père de notre Seigneur Jésus-Christ qui nous a bénis de toute bénédiction spirituelle dans les lieux célestes en Christ. » Il adorait le Dieu et Père de notre Seigneur Jésus-Christ. Il connaissait un Dieu et Père qui l'avait béni de toute bénédiction dans les lieux célestes en Christ, et, en conséquence, un courant d'adoration et de louange montait vers ce Dieu qui avait ainsi fait couler dans son cœur les fleuves de sa grâce.

Pierre, qui adorait-il ? Ecoutez ce qu'il dit (1 Pierre I, 3): « Béni soit le Dieu et Père de notre Seigneur Jésus-Christ, qui, selon sa grande miséricorde, nous a régénérés pour une espérance vive par la résurrection de Christ d'entre les morts. » Pierre connaissait un Dieu et Père qui l'avait régénéré par la résurrection du Christ d'entre les morts, et cette pensée remplissait tellement son cœur de louange, que le courant saillant de l'adoration remontait vers le Dieu et Père du Seigneur Jésus-Christ, qui l'avait ainsi béni.

Et qui est Celui que nous sommes appelés à adorer ? Ecoutez la réponse dans ces paroles : « Et s'éloignant ausssitôt de l'eau, il monta, et vit les cieux se fendre, et l'Esprit descendre sur lui comme une colombe. Et il y eut une voix qui venait du ciel : Tu es mon Fils bien-aimé, en toi j'ai trouvé mon plaisir « (Marc I, 10, 11). La Trinité est ici révélée : le Père, le Fils et le St-Esprit ; trois personnes indubitablement distinctes, mais cependant, comme il avait été dit autrefois : « L'Eternel notre Dieu est un seul Eternel ( Deut VI, 4.) Les Séraphins voilent leur face devant Lui, et disent incessamment : Saint, Saint, Saint (Esaïe VI, 2, 3). Les vingt-quatre anciens tombent sur leur face et L'adorent, disant : « Tu es digne, ô Seigneur notre Dieu, de recevoir la gloire et l'honneur, et la puissance, car tu as créé toutes choses ; et c'est à cause de ta volonté qu'elles existaient et furent créées. » (Rev. IV, 10, 11.) Il convient cependant que le Fils ait le même honneur, « car par lui ont été créées toutes choses. » (Colos I, 16.) Il convient aussi que le St-Esprit ait le même honneur, car « par son Esprit il a orné les cieux. » ( Job. XXVI, 13.) Il est aussi le *Dieu Sauveur;* Celui qui nous a sauvés par Jésus-Christ notre Sauveur, par le lavage de la régénération et le renouvellement de l'Esprit Saint (Tite III, 4, 6.) Lecteur, voilà le Dieu au sujet duquel vous n'avez pas à raisonner, mais devant qui vous avez à courber la tête en adorant.

Mais, encore, qui est ce Dieu qu'adoraient le Seigneur Jésus, Paul et Pierre, et que vous et moi devons aussi adorer?

« Dieu est lumière, et il n'y a en lui nulles ténèbres. » C'est un Dieu qui ne peut avoir communion avec le mal, de sorte que « si nous (chrétiens) disons avoir communion avec Lui et que nous marchions dans les ténèbres, nous mentons, et la vérité n'est pas en nous. » (I Jean I, 5, 6.) Est-ce là le Dieu que vous adorez? Prenez garde alors de ne pas marcher dans les ténèbres, et de ne pas adorer avec ceux qui n'ont aucune communion avec Dieu.

Mais encore, ce Dieu que nous sommes appelés à adorer, qu'est-il? « Dieu est amour », et « en ceci a été manifesté l'amour de Dieu pour nous, c'est que Dieu a envoyé son Fils unique au monde, afin que nous vivions par Lui. En ceci est l'amour, — non en ce que nous, nous ayons aimé Dieu, mais en ce que Lui nous a aimés, et qu'il envoya son Fils pour être la propitiation pour nos péchés. » (1 Jean IV, 8-10.) Est-ce là le Dieu que vous adorez? Connaissez-vous le Dieu qui est en Lui-même amour? qui vous a aimé quand vous étiez sans Dieu? qui, lorsque vous étiez encore pécheur, a livré Christ à la mort pour vous? qui, quand vous étiez encore ennemi, vous a réconcilié avec Lui par la mort de son Fils? Alors donnez gloire à un tel Dieu qui s'est pleinement révélé (Rom. V, 6, 11.) Adorez-Le vous-même avec une pleine confiance et en compagnie de ceux qui, parce qu'ils Le connaissent, ont la même confiance.

Mais, lecteur croyant, encore une fois, je vous le demande, qui adorez-vous? Le Seigneur, en Jean IV, 21, dit à la pauvre femme de Samarie: « L'heure vient que vous n'adorerez le *Père* ni sur cette montagne ni à Jérusalem. » Le nom du Père fut présenté à cette pauvre pécheresse, pour l'objet de l'adoration de son cœur, quand, une fois, ce cœur serait renouvelé par la grâce. Sans doute que ce nom devait l'attirer; car, quoi de plus doux au cœur d'un orphelin que le nom de père? Cependant elle ne pouvait encore comprendre cette vérité; mais l'heure venait où elle la comprendrait; alors, le Seigneur seul la connaissait. Les disciples même, qui étaient constamment avec Jésus, ne comprenaient pas le nom de

Père, quand, *avant la croix*, le Seigneur le leur révèle. (Jean, XIV, 7, 10, ); et cependant ils avaient été enseignés à le prononcer en forme de prière (Math. VI, 7, 13). Cher lecteur, il fallait que le Seigneur Jésus mourût et qu'il ressuscitât avant qu'Il pût s'associer quelqu'un dans cette nouvelle relation de fils de Dieu ; comme Il le dit Lui-même : « Si le grain de froment, tombant en terre, ne meurt, *il demeure seul ;* mais s'il meurt, il produit beaucoup de fruits » (Jean XII, 24). Il devait, dis-je, mourir et ressusciter avant de pouvoir paraître à Marie-Madeleine, et lui dire : « Va vers mes frères, et dis-leur que je monte vers *mon Père* et *votre Père*, et vers mon Dieu et votre Dieu » (Jean XX, 17). Christ devait monter au ciel et le Saint-Esprit devait en descendre, avant que les fils nouveau-nés pussent crier : Abba, Père (Jean XX, 17, 22 ; Rom. VIII, 15).

Cher lecteur, ne voyez-vous pas que ce ne sont que les fils qui peuvent connaître et adorer le nom du Père? Le nom de votre père naturel, n'est connu comme tel que de sa famille. De même il n'y a que ceux qui sont acceptés dans le Bien-Aimé, qui connaissent réellement le nom du Père. Ce n'est que parmi les fils que Son nom est honoré. Jésus dit : « Je déclarerai ton nom à mes frères, je te psalmodierai au milieu de l'assemblée » (Héb. II, 12). Cher ami, adorez-vous dans une réunion où le Seigneur-Jésus est libre de conduire les louanges de Son peuple, et où Il annonce le nom du Père au milieu des frères réunis ?

Oh ! quel amour ineffable
Se trouve, ô Dieu ! dans ton cœur !
Oh ! quel amour insondable !
Quel trésor pour le pécheur !

Gloire à toi, Dieu notre Père !
Qui nous aimas le premier,
A ton cœur notre âme est chère ;
Possède-nous en entier.

N° 3.

# Comment adorez-vous ?

Plusieurs n'ont, sur l'adoration, de pensée plus élevée que celle de la pauvre femme que Jésus rencontra au puits de Samarie. Néanmoins, ce fut premièrement à cette pauvre pécheresse que le Seigneur révéla les principes de l'adoration chrétienne. Elle pouvait parler de la différence entre la religion des Samaritains et celle des Juifs. Elle ne comprenait pas comment un Juif pouvait parler avec une femme Samaritaine, et lui demander quelque chose (Jean IV, 7). Elle pouvait se vanter de ce que son peuple descendait de Jacob leur père, (v. 12), et dire assez vivement s'il convenait d'adorer sur la montagne ou à Jérusalem (v. 20). Mais, hélas! avec toute cette religion elle vivait avec un homme qui n'était pas son mari (v. 17, 18).

Chrétien professant, connaissez-vous quelque chose de plus, sur l'adoration chrétienne, que cette pauvre femme? Et, si je vous demandais : Comment adorez-vous? ne me répondriez-vous pas : « Je vais au

temple le dimanche, j'ai été baptisé et con-
firmé, je vais régulièrement aux sacrements,
et je ne suis pas comme plusieurs qui vont
toujours avec les Dissidents. » Ou, un autre
dira, peut-être : » Je me glorifie d'être un
Wesleyen, vous savez, Wesley était un homme excellent, et notre église prospère mer-
veilleusement dans le monde. Quelques-
uns pensent que c'est bien d'aller avec les
Baptistes, mais, quant à moi, mes parents
étaient Méthodistes et je veux demeurer où
je suis. » Chrétien professant ! en vous
parlant si clairement, mon désir n'est pas
de vous offenser ; de nos jours ces expres-
sions ne sont pas rares. Je cherche seulement, par ce moyen, à réveiller votre conscience, afin que vous examiniez si votre religion n'est pas simplement un manteau
pour couvrir vos péchés, comme c'était le
cas de la pauvre femme de Samarie.

Mais si vous me dites : Je suis chrétien ;
il y a — ans que je suis né de nouveau ; j'ai
trouvé le repos dans le sang de Christ et
je sais que mes péchés sont pardonnés ;
dans ce cas, je dirai : grâce au Seigneur,
vous pouvez adorer Dieu, et souvent votre
cœur a dû louer votre Dieu et Père. Mais,
cher ami, je vous demanderai de nouveau :
dans l'assemblée, comment adorez-vous

Dieu ? Peut-être vous répondrez : « Oh ! peu m'importe où j'adore , j'aime d'aller où je rencontre le plus grand nombre de chrétiens ; et là où se trouve un pasteur pieux, je vais l'écouter. Le Seigneur n'a-t-il pas dit que l'heure venait où il ne serait pas question de lieu particulier pour adorer ? Ainsi, je tiens d'aller où je profite le plus. » En effet , cher ami, le Seigneur a dit : « l'*heure vient* que vous n'adorerez le Père, ni sur cette montagne, ni à Jérusalem. » (Jean IV, 21). Cette heure est en contraste avec ce que le système d'adoration était dans les jours du Seigneur Jésus. Alors c'était bon d'adorer à Jérusalem parce que Jéhova avait choisi ce lieu pour y placer Son nom, et « le salut venait des Juifs » v. 22. Mais l'heure venait, après la mort, la résurrection et l'ascension du Seigneur, que l'adoration se répandrait dans tout le monde, et alors il ne serait pas question, pour le chrétien, de lieu particulier dans le monde pour adorer.

Mais, quelque vrai que cela soit, il importe cependant de voir *comment* le chrétien adore, car l'heure venait que les « vrais adorateurs adoreraient le Père en esprit et en vérité, car le Père en cherche de tels qui l'adorent » (Jean IV, 23). Après que le Messie fut rejeté des Juifs et élevé à la droite de Dieu, le système d'adoration fut entièrement changé. Maintenant, le Père cherche des adorateurs hors du monde; ils deviennent tels par la nouvelle naissance, par la foi en Jésus, et par la réception du Saint-Esprit. Dieu a réservé ce don pour eux; et il descend vers eux par Son Fils mort et ressuscité; ils reçoivent le Saint-Esprit, qui devient immédiatement en eux une fontaine d'eau jaillissante en vie éternelle (Jean IV, 10, 14). Ceux-ci sont les vrais adorateurs, et sont appelés à adorer en esprit et en vérité; car Dieu est esprit et il convient que ceux qui l'adorent, l'adorent selon Sa pensée. Ainsi nous voyons, cher ami, que, dans le Judaïsme, Jéhova cherchait une nation qui l'adorât; et là tous adoraient ensemble; les pieux et les méchants se trouvaient dans un même sanctuaire terrestre, et l'adoration avait lieu d'une manière qui convenait à la chair; maintenant *le Père* cherche de vrais adorateurs hors du monde. Ainsi, premièrement, il n'y a que ceux qui sont sauvés qui composent les adorateurs; secondement, il convient que ceux qui l'adorent, l'adorent en esprit et en vérité. Ayant reçu l'Esprit de Dieu, ils doivent trouver dans cet Esprit la puissance suffisante d'adoration, et comme Il est descendu vers eux gratuite- ment, comme don de Dieu, il convient maintenant qu'Il soit en eux la source de vie pour renvoyer au trône de Dieu les fleuves d'adoration, d'actions de grâce et de louanges, agréables à Dieu par Jésus- Christ. Il convient que le peuple de Dieu trouve dans cet Esprit leur capacité pour l'adoration tant individuellement que col- lectivement. Dieu le Saint-Esprit demeu- rait dans le corps de chaque chrétien (1 Cor. VI, 19), comme aussi dans l'as- semblée (1 Cor, III, 16), et cela suffisait. Mais il convenait encore que l'adoration fût « en vérité », c'est-à-dire selon la pa- role de Dieu. L'adoration du Judaïsme était réglée par la loi, mais l'adoration chrétienne doit être réglée par les Ecritu- res du Nouveau Testament. L'une a passé et l'autre a pris sa place. (Héb. VII, 12, 18, 19; VIII, 13).

Mais en 1 Cor. XIV, nous voyons com- ment les réunions d'adoration, des premiers chrétiens, étaient dirigées.

Avant tout nous trouvons, en 1 Cor. XI, 17-26; que quand les chrétiens se réunis- saient ensemble, *c'était pour manger la cène du Seigneur* ( v. 20 ). Mais l'Apôtre leur dit que ce qu'ils faisaient n'était pas manger la cène du Seigneur, et cela par ce qu'ils ne se réunissaient pas d'une manière convenable. Il leur enseigne ( v. **23**) qu'étant ainsi réunis, l'assemblée était sur la base d'un seul corps, le corps de Christ (1 Cor. XII), dont l'expression était dans la fraction d'un seul pain; c'était aussi l'expression de la communion des saints avec la mort de Christ (1 Cor, X, 16, 17). La table du Seigneur étant ainsi l'expression de l'unique corps de Christ réuni ensemble, là se voyait l'action de ce corps. Et comme l'Esprit-Saint avait formé l'Eglise et la remplissait, ainsi Il manifestait son action dans les membres quand l'assemblée était réunie. C'est ce que nous voyons en 1 Cor, XII. Le caractère de l'Esprit est amour, et cet amour doit unir ensemble les chrétiens (1 Cor, XIII). Or les Corinthiens se prévalaient des dons de l'Esprit, Lequel avait donné à plusieurs le don miraculeux des langues; ils faisaient parade de ces dons dans l'assemblée (1 Cor. XIV, 23). L'Apôtre enseigne que le don de prophétie était plus excellent que celui des langues (v. 1-13); car l'un était pour l'édification tandis que l'autre ne pouvait être compris. Il parle de quatre choses qui peuvent se manifester dans une réunion d'adoration; ( v. 14 ) la prière; (v. 15) le chant ; (v. 16) la bénédiction ou les actions de grâce; (v. 19) la parole. Mais le point important était que les prières, les cantiques, l'adoration et la prédication fussent avec *l'esprit*, et aussi avec l'intelligence. Mais, de quelle utilité aurait été l'exhortation de Paul, s'ils avaient eu l'habitude d'avoir un homme pour faire tout le service? Le verset 23 montre clairement la liberté parfaite qui régnait au milieu d'eux, et qu'ils avaient tournée en licence.

Parlant toutes ces langues, si quelque infidèle était entré, il aurait pu croire qu'ils étaient hors de sens. Et l'Apôtre les ayant exhortés de ne pas parler tous à la fois, car les esprits des prophètes sont soumis aux prophètes, comment les corrige-t-il? Ordonne-t-il qu'un seul homme fasse tout le service? Non; il dit : « Dieu n'est pas un Dieu de désordre, mais de paix » (v. 23). Voilà la puissance corrective; ils devaient se rappeler que Dieu, le Saint-Esprit, était au milieu de l'assemblée (1 Cor. III, 16; XII, 4-13). Nous voyons donc ici comment on peut adorer Dieu dans la réunion; c'est *en reconnaissant la présence de Dieu comme étant là.* Voilà l'adoration commune en esprit et en vérité.

Cher frère dans le Seigneur, vous trouvez-vous dans une réunion qui adore Dieu de cette manière? Car c'est ainsi qu'une assemblée adorait Dieu en esprit et en vérité.

1° Nous avons vu qu'il fallait que chaque croyant qui composait cette réunion, fût un vrai adorateur;

2° Que *le nom du Père fût* connu et adoré de ces adorateurs;

3° Que la présence du Saint-Esprit dans le corps de chaque croyant fût sa puissance d'adoration;

4° Que la présence du Saint-Esprit fût autant suffisante pour l'assemblée que pour l'individu, car il gouverne et guide dans une réunion qui est selon l'Ecriture.

Pour d'autres règles concernant l'adoration chrétienne, voyez Héb. IX et X, 1-30.

## No IV.

# Avec qui adorez-vous ?

A. L'un dira : moi je vais avec les Protestants; un autre : je vais avec l'Eglise libre; et un autre : moi, avec les Baptistes; leur doctrine me plaît, et de plus, au milieu d'eux, il y a d'excellents chrétiens.

B. Mais, cher frère, où trouvez-vous de tels noms dans l'Ecriture; où y trouvez-vous une réunion de chrétiens appelés du nom de Protestants, etc.?

A. Bien, mais ce ne sont que des noms; il est nécessaire d'avoir un nom, en religion; car on doit appartenir à une église ou à une autre.

B. Pardon, cher ami; prendre un nom est une chose sérieuse. Satan se sert de ces noms pour diviser les chrétiens; car ils ne sont que les membres d'un seul corps dont Christ est la tête. C'est une chose qui est positivement blâmée en I Cor. III, 4; car ils disaient : « Moi je suis de Paul, et moi d'Apollos, et moi de Céphas, et moi de Christ. » L'Apôtre leur dit qu'ils sont charnels et qu'ils marchent à la manière des hommes.

A. Mais les hommes ne vous appellent-ils pas d'un nom? Dans ce monde, il faut bien appartenir à une église.

B. Dans la parole il n'y a qu'un seul corps et un seul Esprit, et le nom de Christ est sur ce corps (Eph. IV, 4; Cor. XII, 12). Ceux qui se réunissent sur le principe de ce seul corps, n'acceptent aucun nom; le nom de Christ est écrit sur eux, et, en conséquence, ils rejettent les noms que les hommes leur donnent, tels que Darbystes, etc.; car ces noms déshonorent *le nom de Christ*. Ce nom béni est certainement suffisant pour réunir ensemble les chrétiens; car le Seigneur a dit : « Où deux ou trois sont réunis en *mon nom*, je suis là au milieu d'eux. » Vous n'avez pas honte de ce nom, quand vous pensez qu'il·vous a sauvé. Pourquoi donc ce même nom ne serait-il pas suffisant pour l'assemblée, s'il est suffisant pour notre salut individuel?

A. Bien, cette théorie paraît belle, mais il me semble qu'il est impossible de réaliser cela dans la pratique ; que ferions-nous s'il n'y avait personne pour prêcher ?

B. Les chrétiens doivent se réunir ensemble pour rompre le pain, chaque premier jour de la semaine, comme le faisaient les chrétiens primitifs, qu'il y eût un Paul ou non ( Act. XX, 7 ) ; et si personne ne pouvait prononcer une parole, sauf dans le silence, le Seigneur serait honoré quand même, car c'est Lui qui nous a donné le droit de nous réunir ainsi : « où deux ou trois sont assemblés en *mon nom*, je suis là au milieu d'eux » (Math XVIII, 20). Rappelez-vous que ce que Dieu désire, c'est l'adoration de votre cœur, laquelle, d'une manière collective, est à peu près inconnue dans la chrétienté. L'adoration Lui est due; et si nous Lui rendons ce qui Lui est dû, Il répondra sûrement à nos besoins, nous envoyant en son temps, le ministère convenable.

A. Mais avec qui dois-je adorer ? je n'y vois pas clair encore.

B. Parceque vous ne voyez pas que Christ et l'assemblée qui est Son corps, sont un. C'est pourquoi je m'entretiens de la personne de Christ et de Son nom, afin que vous puissiez voir qu'Il est la vie, et la suffisance de l'assemblée, Son corps, et que je ne parle pas d'une secte ou d'une chose quelconque hors de Christ. Mais, en conséquence, cette vérité me limite à n'adorer qu'avec ceux qui sont membres de Son corps ; car ceux-là seulement sont membres de ce corps, qui sont baptisés du Saint-Esprit (1 Cos XII, 12). Ils ne sont membres ni de l'Eglise protestante, ni de l'Eglise libre, ni d'aucune autre congrégation, mais ils sont membres du corps de Christ.

A. Mais où voyons nous ce corps ? Je reconnais que je suis un membre du corps de Christ ; mais il est invisible.

B. S'il est invisible, cela ne fait que prouver que l'Eglise est en ruine ; car au jour de la Pentecôte nous voyons que tous ceux qui se convertissaient et qui étaient baptisés, recevaient le don du Saint-Esprit. Ils étaient au nombre de trois mille, et ils persévéraient dans la doctrine des Apôtres, dans la communion, dans la fraction du pain et dans la prière ; « *et tous ceux qui croyaient étaient ensemble* (Act. II, 38, 42,44 ). C'était une assemblée visible ( ne l'était-elle pas, peut-être)! et cela était exprimé dans la fraction d'un seul pain (1 Cor. X, 16,17). Ainsi l'Apôtre, s'adressant à l'assemblée de Dieu à Corinthe ( 1 Cor. I, 2 ) dit : « vous êtes le corps de Christ » (1 Cor. XII, 27.) Ces chrétiens étaient tous ensemble. Maintenant, on ne saurait à qui remettre une lettre adressée à l'assemblée de Dieu à Paris, par exemple.

A. Mais alors, si je reconnaissais le corps de Christ comme une chose existante et visible, je devrais me séparer de tous ceux que j'aime, et de bien chers chrétiens ; car si l'on doit être membre de Christ et de rien autre, toute congrégation de laquelle je serais membre, doit être nécessairement dans le faux.

B. Cela vous séparerait, cher frère, mais vous auriez Christ avec vous, fussiez-vous même seul, et vous seriez dans une position où vous pourriez aimer tous les enfants de Dieu, et cela parceque vous connaîtriez que vous êtes membre de ce seul corps, et, de plus, que le Saint-Esprit est le seul lien entre les chrétiens.

A. Mais ne disiez-vous pas, l'autre jour, que tous les chrétiens étaient sacrificateurs et que nous devions, dans l'adoration, reconnaître cette vérité ? Comment concilier cela avec notre sujet ?

B. En effet, cher frère, tous les chrétiens sont sacrificateurs, et c'est comme tels que nous nous approchons pour adorer Dieu. Les sacrificateurs sous l'économie judaïque étaient séparés pour le service du sanctuaire, et leur office était d'offrir des sacrifices sur l'autel, et de l'encens; beau type de l'adoration ! Voyez Ex. XXVIII,

XXIX; 2 Chron. XIII, 10, 11. Dans la dispensation présente, tous les chrétiens sont lavés dans le sang de Christ, et sont faits rois et sacrificateurs à Dieu (Apoc. I, 5, 6 ; 1 Pier. II, 5) ; et une vraie réunion d'adoration doit se composer de tels adorateurs ; et leur vraie attraction doit être Christ, le Grand Souverain Sacrificateur qui est assis à la droite de la Majesté dans les cieux, Héb. VIII, 1 ). Les systèmes humains de la chrétienté ont détruit l'idée d'une réunion d'adorateurs. On a ramené le culte chrétien à l'élément judaïque dans lequel le peuple était tenu à distance, et ne pouvait s'approcher de Dieu (caché derrière le voile ) que par le moyen des sacrificateurs.

A. Mais il me semble que cela n'est vrai que des Catholiques romains et non des Eglises protestantes.

B. Cher ami, pourquoi donc n'y a-t-il pas de service, quand le ministre n'intervient pas ? Un homme de bon sens dira que dans une telle congrégation on ne peut adorer Dieu sans ministre. N'est-ce pas là, après tout, une forme modifiée du système romain ? Pourquoi les chrétiens ne seraient-ils pas satisfaits de Christ ? Outre cela, dans les églises ou les temples, la majeure partie

des adorateurs se compose d'hommes inconvertis, et qui n'ont pas la conscience
purifiée. Ils ne savent nullement ce que c'est
que d'avoir le pardon des péchés.

A. Qu'est-ce qu'une conscience purifiée?

B. C'est un des principaux contrastes
que l'on trouve en Héb. IX, X, entre les
sacrificateurs du Judaïsme et ceux du Christianisme. Les sacrifices du Judaïsme ne
pouvaient pas rendre parfait celui qui
s'approchait de Dieu (Héb. IX, 9, 10 ; X, 1).
Ces sacrifices étant imparfaits, il était nécessaire de les répéter constamment et
d'en faire constamment l'application à l'a-
dorateur. Mais, maintenant, le sang de
Christ purifie parfaitement la conscience
des œuvres mortes pour adorer le Dieu
vivant. Christ ayant offert un sacrifice pour
les péchés, s'est assis pour toujours à la
droite de Dieu ; et ce sacrifice, appliqué à la
conscience, la rend parfaite pour toujours
(Héb. IX, 13, 14 ; X 12-14). Le Saint-
Esprit rend aussi ce témoignage : « Je ne
me souviendrai plus de leurs péchés, ni de
leurs iniquités. » C'est là ce qui caractérise
les adorateurs chrétiens qui s'approchent
avec un cœur vrai et dans la pleine certitude
de la foi. Ceux-là ne doivent pas abandonner le rassemblement d'eux-mêmes, mais

ils ont à s'exhorter l'un l'autre, et cela d'autant plus qu'ils voient le jour approcher. (Héb. X, 22-25).

A. Mais j'appliquais toujours ce texte à ceux qui me parlaient d'abandonner mon église. Et je vois maintenant qu'il a une tout autre signification.

B. Cher frère, que le Seigneur vous donne de jouir de la communion avec les adorateurs qui *sont aspergés du sang;* qu'Il vous donne d'être content du Grand Souverain Sacrificateur, ministre du sanctuaire et du vrai tabernacle que le Seigneur a dressé et non pas l'homme. (Héb. VIII, 1, 2.)

Frères. approchons-nous ensemble
De Jésus-Christ, notre Sauveur.
C'est son grand nom qui nous rassemble,
Egayons-nous à son honneur.

N° V.

# Quel est votre centre d'adoration?

Est-ce un ministre, ou un prêtre, sans lequel (dans le cas qu'il ne vienne pas à l'église) vous ne pouvez pas adorer? Est-ce un nom humain, de telle sorte que vous ne pouvez adorer, si, dans ce lieu, il n'y a personne qui adore sous ce nom? Est-ce un édifice ou une église, de manière que vous disiez : « Dans cet endroit il n'y a pas de lieu de rassemblement où je puisse aller; » ou est-ce Christ? Christ est-il votre unique centre d'adoration, de telle sorte que vous n'ayez besoin d'aucune autre chose pour vous attirer? Il est le ministre du sanctuaire et du vrai tabernacle que le Seigneur a dressé et non pas l'homme (Héb. VIII, 2). Le nom de Christ est-il suffisant pour vous réunir? Comme dit l'Ecriture : « Où deux ou trois sont assemblés en mon nom, je suis là au milieu d'eux » (Math. XVIII, 20); et les membres de son corps, l'Eglise, ces pierres vivantes de son temple, sont-ils pour

vous des compagnies suffisantes pour l'adoration, et cela non dans un sanctuaire terrestre mais dans les lieux célestes en Christ?
« Ayant donc, frère, la liberté d'entrer dans
le sanctuaire en vertu du sang de Jésus....,
et ayant un Souverain Sacrificateur sur la
maison de Dieu, approchons-nous avec un
cœur vrai... » (Héb. X, 19, 22). Cher ami,
regardez à l'Ecriture, et voyez s'il y a
quelque autorité donnée *à un* homme
pour présider l'assemblée dans l'adoration.
Quand le ministère s'exerce, naturellement
cela arrive, mais dans l'adoration, jamais,
« car le corps, n'est pas un seul membre
mais plusieurs. » (1 Cor. XII, 14.) Il est
vrai que, dans le Judaïsme, les sacrificateurs s'approchaient de Dieu pour le peuple ; mais Aaron seulement avait la supré-
matie sur eux. Dans le christianisme, tous
les chrétiens sont sacrificateurs (1 Pier. II,
5, 9 ; Apoc. I, 6) et Christ seul a la supré-
matie sur eux.

Ainsi, dans tous les passages du Nouveau
Testament où se trouvent nos principes pour
l'adoration, comme en Eph. II, 18 ; Héb. IX,
X ; et 1 Pier. II, 4, 5, il n'y a aucune idée
du ministère. Dans le premier passage,
nous adorons sur la base que Christ a été
exalté comme homme à la droite de Dieu,

et donné pour tête à Son corps, l'assemblée (Eph., I, 20, 23). Nous, qui étions morts dans nos fautes et dans nos péchés, nous avons été vivifiés avec Christ, ressuscités avec Christ, et Dieu nous a fait asseoir ensemble dans les lieux célestes en Christ (Ch. II, 1-7). Nous sommes sauvés par grâce; il n'y a plus maintenant de différence entre le Juif et le Gentil. Le mur mitoyen de clôture, consistant dans la loi et les ordonnances, a été détruit par la croix. Les Juifs et les Gentils voient là la fin de leur inimitié, et, en résurrection, ils sont créés en un homme nouveau, la paix étant faite en Christ. Il est la Tête dans le Ciel, et par Lui nous avons les uns et les autres accès auprès du Père en un seul Esprit (Eph., II, 8, 18). Quel beau centre d'adoration n'avons-nous pas ! Si les saints connaissaient réellement leur appel, pourraient-ils désirer une autre base ou un autre centre d'adoration que Christ ? Il est l'accomplissement du corps, il est la vie de l'assemblée. Les membres sont unis à Lui, et l'un à l'autre par le St-Esprit qui attire chaque membre à Christ par une attraction et une puissance communes.

En Héb. IX, X, nous sommes vus en contraste direct avec le Judaïsme ; sauf

Christ, nous n'avons besoin de personne pour intervenir, dans l'adoration, entre nous et Dieu. Sous le Judaïsme, il n'était pas permis au peuple de s'approcher de Dieu. Les sacrificateurs entraient en tous temps dans le premier tabernacle, accomplissant pour le peuple toutes les parties du service divin (Héb. IX, I, 6). Mais ces sacrificateurs ne pouvaient entrer dans le lieu très-saint; un voile les séparait de Dieu. Le souverain sacrificateur seul pouvait y entrer une fois l'année (v. 7.) C'était un système qui tenait le peuple loin de Dieu; l'adoration se faisait de loin (Ex. XXIV). Et que signifiait tout cela? Que la voie du sanctuaire n'était pas encore manifestée (Héb. IX, 8). Les sacrifices qui étaient offerts ne pouvaient purifier parfaitement la conscience (v. 9). Il n'y avait pas d'entrée vers Dieu, et aucune conscience purifiée. Un souverain sacrificateur imparfait était leur centre d'adoration, sacrificateur qui avait à offrir pour lui-même et pour le peuple. Mais maintenant, béni soit Dieu, nous savons que l'offrande du Christ a ôté les péchés une fois pour toujours; et le sang appliqué à la conscience la purifie à perpétuité (Héb. X, 12-14). Christ, par Sa mort, Sa résurrection et Son ascension, est la voie ouverte pour le lieu de notre adoration. Le voile a été déchiré, par Sa mort ; et en vertu de Son sang, nous entrons librement, et nous trouvons en Lui notre Grand Souverain Sacrificateur qui est le centre parfait, et pleinement suffisant de notre adoration, et, par Lui, nous nous approchons de Dieu sans crainte (Héb. X, 19-22).

Christ est la pierre vive et la pierre fondamentale de l'édifice dont nous faisons partie. Il a été rejeté de ceux qui édifiaient dans le Judaïsme ; mais Il a été posé, dans la mort et la résurrection, comme le sûr fondement. Il est monté dans le ciel, Lui la pierre du coin de la maison, unissant ainsi ensemble le ciel et la terre. Nous venons à Lui, rejeté des hommes, mais choisi et précieux auprès de Dieu, et nous sommes édifiés pour être une maison spirituelle, une sainte sacrificature, pour offrir des sacrifices spirituels, agréables à Dieu par Jésus-Christ. Y a-t-il une idée du ministère, dans ces passages ? Dans le premier se trouve la figure d'un corps uni à une tête. Telle est l'Eglise ; Christ, comme Tête de Son corps, en est le centre d'adoration pleinement suffisant. Dans le second, nous trouvons la figure d'un Grand Souverain Sacrificateur.

au milieu d'une famille de sacrificateurs, qui se trouvent tous sur le même niveau et qui tous approchent sur une base commune. Dans le troisième il y a la figure d'un édifice dont Christ est le fondement et la pierre du coin, unissant ensemble toutes les pierres vivantes, et aussi le ciel et la terre. Sans voile entre ces sacrificateurs et Dieu, le vrai Aaron et ses fils (Christ et les croyants) adorent dedans, offrant des sacrifices spirituels, agréables à Dieu par Jésus-Christ.

Cher ami, je vous prie de considérer Christ dans Ses divers caractères. Considérez ce qu'Il est comme homme ressuscité et monté en haut, et placé par Dieu « au-dessus de toute autorité, et puissance et domination, et au-dessus de tout nom qui se nomme, non-seulement dans ce siècle, mais aussi dans celui qui est à venir ». Considérez comment Dieu « a placé toutes choses sous Ses pieds et L'a donné pour être Tête sur toutes choses à l'assemblée qui est son corps » (Eph. I, 17-20). Considérez-Le comme l'Homme des desseins de Dieu, constitué en autorité dès les siècles,—avant que la terre fût (Prov. VIII, 23); né dans le monde au temps convenable, et en qui Dieu « a déterminé en Lui-même pour l'administration de la plénitude des temps, de réunir en un, toutes choses, celles qui sont dans les cieux et celles qui sont sur la terre, en Lui » (Eph. I, 9, 10). Dans cette gloire milléniale, tout le ciel sera réuni autour de Lui pour crier : « Digne est l'Agneau » (Apoc. V). Il en sera de même de toute la terre ; car le Seigneur sera Roi sur toute la terre, Israël étant au centre de ce royaume (Zach. XIV 9-16, 17). Cher ami, n'êtes-vous jamais entré dans la pensée des desseins de Dieu tels qu'ils sont révélés relativement à Christ ? Si l'intention de Dieu est d'établir Christ, dans le siècle à venir, comme le centre de toutes choses dans le ciel et sur la terre, sachez que déjà Il l'a établi dans le ciel, Tête de toutes choses à l'assemblée qui est Son corps ; et que maintenant la place de tout croyant est celle d'un membre de ce corps ; il doit être attiré à Lui, la Tête, comme à un centre commun et trouver dans ce Chef la source de laquelle tout le corps alimenté et bien uni ensemble par les jointures et les liens, croît de l'accroissement de Dieu (Col. II, 19).

Considérez-Le aussi comme le Fils du Dieu vivant, contre lequel les portes de l'enfer n'ont pu prévaloir — la pierre fondamentale, la pierre du coin de la maison spirituelle de Dieu. En Math. XVI, 18, Jésus dit : « Sur ce rocher je bâtirai mon Eglise et les portes de l'enfer ne prévaudront point contre elle. » Qui est cette merveilleuse personne ? « Il est la splendeur de la gloire de Dieu et l'empreinte de Sa Personne, » — Celui que les anges adoraient quand Il vint dans ce monde. Il a été dit de Lui : « Toi, dans les commencements, Seigneur, tu as fondé la terre, et les cieux sont les œuvres de tes mains ; eux périront, mais toi, tu demeures ; et ils vieilliront tous comme un habit, et tu les plieras comme un vêtement, et ils seront changés, mais toi, tu es le même, et tes ans ne cesseront pas » (Héb. I, 3, 6, 10-12). Oui, avant la fondation du monde, dès l'éternité, Il était là ; et quand les cieux et la terre seront pliés comme un livre , Il sera encore là. L'Apôtre a bien pu trouver un refuge dans une telle Personne, Tête sur toutes choses à l'Eglise, quand extérieurement celle-ci tombait en ruine, et dire : « Néanmoins, le fondement de Dieu demeure ferme. » (2 Tim. II, 19, 21). Finalement, considérez-Le comme le Grand Souverain Sacrificateur de notre profession. « Lisez Ex. XVIII, et vous verrez dans le souverain sacrificateur, vêtu de ses vêtements de gloire et de beauté, une faible image de la Personne qui s'est assise à la droite de la Majesté dans les cieux » (Héb. VIII. 1). Voyez-Le revêtu des vêtements de justice et de salut. Voyez-Le avec les siens sur Ses puissantes épaules, et les portant aussi sur Son cœur plein d'amour; et voyez en Lui le Ministre du sanctuaire et du vrai tabernacle que le Seigneur a dressé et non pas l'homme.

Cher ami, ce Christ, est-Il la base et le centre suffisant de votre adoration?


Gloire à toi, très saint Agneau!
Qui, pour sauver ton troupeau,
Sur la croix donnas ta vie.
De Satan tu fus vainqueur;
O tout-puissant Rédempteur!
Gloire à toi, gloire infinie.

## No 6.

# Quel est le lieu où vous adorez?

Pour Israël, le lieu d'adoration était le tabernacle dans le désert, et à Jérusalem, le temple.

Le lieu d'adoration, pour le chrétien, est le ciel, où Christ est entré, et dont les lieux saints du tabernacle étaient de faibles figures (Héb. IX 23-24). Mais ces ombres et ces figures sont belles, elles sont pour les jeunes enfants de Dieu, des tableaux divins, propres à les enseigner dans la vérité.

Regardons donc un moment à l'histoire d'Israël. Le tabernacle (lieu d'adoration) ne fut dressé que quand les Israélistes eurent été rachetés de l'Egypte et amenés à Dieu au mont de Sinaï. Cher jeune chrétien, n'y a-t-il en cela aucune instruction pour nous? Est-ce que cela n'exclut pas à l'instant, de l'adoration de Dieu, tous ceux qui n'ont pas été amenés à Lui?

Avant que le lieu d'adoration fût dressé,

nous trouvons trois degrés importants dans l'histoire d'Israël. Premièrement, ils sont réconciliés avec Dieu, et par le sang de l'agneau ils sont mis à l'abri du jugement exercé sur les premiers-nés d'Egypte. (Ex. XII). Secondement, ils sont délivrés de Pharaon par le passage de la mer Rouge, et chantent, hors d'Egypte, le cantique de la Rédemption (Ex XIV). Troisièmement, ils sont amenés à Dieu au mont de Sinaï (Ex. XIX, 4).

Ces figures de la manière de faire de Dieu envers votre âme, ne sont-elles pas merveilleuses?

Premièrement, comme pécheur nécessiteux vous avez découvert la valeur du sang de l'Agneau immolé, et vous avez été justifié par Son sang (Rom. I, jusqu'au V. 12). Secondement vous avez découvert que votre plus grand ennemi était une méchante nature de péché en vous, qui, pour ainsi dire, vous poursuivait, même après avoir été justifié, jusqu'à ce que vous ayez trouvé la délivrance du péché, du monde et de Satan, dans la mort et la résurrection de Christ. Maintenant, comme étant mort avec Christ, et Christ vivant en vous, vous chantez le cantique du salut (Rom. V, 12; VIII). Troisièmement, vous avez découvert que

Christ souffrit, Lui juste, pour les injustes
afin de vous amener à Dieu (I. Pier. III, 18).
Vous êtes maintenant, en la présence de
Dieu, sans crainte, parce que vous êtes dans
une nouvelle création (2 Cor. V. 17), et
dans la lumière, comme Lui est dans la
lumière (1 Jean I, 7). Vous n'êtes pas venu
à une montagne de feu, comme au mont Sinaï, mais à un Dieu de grâce dont le mont
de Sion est une figure (Héb. XII, 18, 24).

Maintenant, cher jeune chrétien!, Dieu
n'habite pas dans des temples faits par
l'œuvre des mains, comme le dit Etienne
aux juifs, mais dans le ciel même. Là est le
lieu où vous devez adorer ; car le Grand
Souverain Sacrificateur y exerce son ministère ; Il est le centre de l'adoration chrétienne. Là se trouvent, et le sanctuaire et
le vrai tabernacle que le Seigneur a dressé
et non pas l'homme (Héb. VIII, 1, 2).

Ce lieu d'adoration est en contraste direct
avec le tabernacle Juif ( Héb. IX, 1-2), duquel il est dit : « La première alliance avait
donc aussi des ordonnances pour le culte,
et un sanctuaire terrestre. » Le premier tabernacle était divisé en deux parties ; le lieu
saint et le lieu très-saint. La présence de
Dieu se manifestait dans le lieu très-saint,
mais un voile la cachait. Personne ne pou-

vait s'approcher si ce n'est Aaron, le souverain sacrificateur, et seulement une fois l'an, avec du sang et une nuée d'encens. Hors du tabernacle, dans la cour, était l'autel d'airain sur lequel on offrait les sacrifices journaliers, en la présence de tout le peuple; mais ces sacrifices, appliqués à la conscience, ne pouvaient ni la satisfaire ni la purifier. Sous la loi, cher lecteur, il n'y avait aucune liberté pour s'approcher de Dieu, et aucune conscience purifiée. (Héb. IX, 6, 9.)

Néanmoins, quelle belle figure de la manière dans laquelle le chrétien s'approche de Dieu. Le premier pas est l'autel, mais cet autel signifie la mort de Christ, et c'est le pas hors du Judaïsme et de toute religion mondaine (le camp en est la figure); car Christ a été mis à mort hors de la porte de Jérusalem. Mais, par Christ, nous entrons dans le vrai tabernacle (Héb. XIII, 10, 15). Par Sa mort le voile est déchiré; nous entrons par Christ même, et notre place, en vertu de Son sang, est dans le lieu très-saint (Héb. IX, 24; X, 19), avec une conscience purifiée de tout péché. Cher jeune chrétien, quelle beauté ne voyez-vous pas maintenant en Christ ! Le tabernacle avec sa couverture extérieure de peau de taisson, paraissait très-simple, mais l'intérieur était tout d'or (Ex. XXV, XXVI). Pour celui qui est dehors, le pécheur, il n'y a aucune beauté en Christ : Il est le méprisé et le rejeté des hommes. Mais pour celui qui est dedans, l'adorateur, quelle gloire il contemple dans la personne de Christ, le Fils de Dieu, le créateur des mondes, et, néanmoins, l'Homme parfait qui vous donne accès en la présence même de Dieu.

Il est raconté de la reine de Séba ( 2 Chro. IX, 1-9 ), que, « voyant la sagesse de Salomon, et la maison qu'il avait bâtie, et les mets de sa table, les logements de ses serviteurs, l'ordre du service de ses officiers, leurs vêtements, ses échansons et leurs vêtements, et ce qu'il offrait dans la maison de l'Eternel, elle fut toute ravie hors d'elle-même. » Dans la splendeur de la gloire de Salomon, tout ce qu'elle était s'évanouit, et, à l'instant, sa langue fut déliée pour louer Salomon, et l'Eternel, le Dieu de Salomon.

Cher ami, pour avoir l'esprit d'adoration, il est nécessaire d'être en communion avec la mort de Christ, afin que la nature étant tenue à sa place, la vie de Christ ait son libre cours en adoration, en louange et en actions de grâce. Il en sera ainsi, si, d'une manière convenable, vous demeurez et marchez dans la lumière de la présence de Dieu, et c'est là qu'est le lieu de votre adoration.

En Héb. X, l'autel et le tabernacle sont changés ; la mort de Christ est à la place de l'ancien autel, et des sacrifices Juifs ; et le céleste sanctuaire à la place de celui qui était sur la terre. Notre titre pour entrer en la présence de Dieu est le sang de Jésus; notre chemin est le Seigneur Jésus Lui-même, à travers le voile déchiré, c'est-à-dire Sa chair; Il est aussi notre centre d'adoration, et le Souverain Sacrificateur sur la maison de Dieu (v. 19-21).

Le sang qui nous est appliqué, fait que le cœur est aspergé et nettoyé d'une mauvaise conscience ; la chair de Christ (ou le voile déchiré) qui nous est appliquée fait que le corps est lavé d'eau pure (v. 22). La vieille nature est mise de côté pour la foi, et nous approchons de Dieu dans une nouvelle nature par la puissance de l'Esprit; et, sachant que nous avons un Grand Souverain Sacrificateur, qui sortira bientôt pour nous bénir, nous retenons ferme la profession de notre espérance (Héb. X. 19-23). Etant amenés hors du monde religieux (le camp) par la mort de Christ, et introduits dans le lieu très-saint, nous offrons là, par Lui, sans cesse à Dieu, ces sacrifices de louanges, le fruit des lèvres qui confessent Son nom (Héb. XIII, 10-15).

Anticipons, ici, l'adoration du ciel dépeinte en Apoc. IV, V; et, en compagnie des quatre animaux vivants et des vingt-quatre anciens, des anges et de toutes les créatures dans le ciel et sur la terre, prosternons-nous et adorons Celui qui est assis sur le trône et l'Agneau, disant : « Tu es digne. » Confessons Christ comme l'unique centre d'adoration, et chantons ensemble le cantique nouveau, portion particulière du racheté, et disons : « Tu es digne... car tu as été immolé et tu as acheté pour Dieu par ton sang, de toute tribu, et langue, et peuple, et nation ; et tu les as faits rois et sacrificateurs pour notre Dieu ; et ils régneront sur la terre. »

# EXTRAIT

« Je te louerai au milieu de l'assemblée. » Pensez un moment à ce qu'était la louange de Christ à cette heure; pensez aux sentiments qu'Il a dû éprouver quand Il est sorti des ténèbres de la croix, de la poussière de la mort, de l'abandon de Dieu ! Lui seul pouvait. comme Il le fit, sonder la profondeur de tout cela; Lui, qui ayant souffert une fois pour les péchés, se reposait maintenant dans la victoire remportée. Sur la croix, Il portait nos péchés; alors Celui qui n'avait pas connu le péché était fait péché. Ressuscité des morts, Christ ne porte plus les péchés; Il loue (mais non pas seul) *au milieu* de l'assemblée. — Oh ! quelles louanges que celles de Christ, délivré maintenant d'une telle mort ! Mais Ses louanges ne sont-elles pas aussi nos louanges ? Et n'est-ce pas au « milieu de nous » qu'Il les chante ? Quel cara tère cette communion n'imprime-t-elle pas à l'adoration de l'assemblée ! La louange de Christ, après que le péché fut jugé, et Celui qui, crucifié en faiblesse, vit par la puissance de Dieu, donnent la juste et seule vraie idée de ce qui convient à l'assemblée de Dieu.

Valence. — Imp. et lithog. Ch. Chaléat.

# AUX MÊMES ADRESSES :

Cantiques d'Évangélisation n° 1,   0,10 c.
    Id.        Id.        n° 2,   0,10 c.

Le cœur soupirant après la Personne de
    Christ (traité-feuillet), le cent, fr. 1  »

Substance d'une méditation sur Ex. XXIX,
    36-46, le cent,           fr. 2  » .

www.ingramcontent.com/pod-product-compliance
Lightning Source LLC
Chambersburg PA
CBHW061708180626
46818CB00003B/1315